Clara Yzell

Sur nos barques de verre

Dépôt légal : juillet 2015
réédition : avril 2016
ISBN : 978-2-81061-841-5

Éditeur : BoD - Books on Demand
12/14 rond-point des Champs-Élysées - 75008 Paris - France

À Marc, cet hommage poétique...

Tel un coquillage

Les vents vivifiants de la Bretagne réussissaient à nous étourdir. Ce matin-là, nous longions la plage de sable fin où nous aimions nous rendre et nous étreindre, émerveillés par cet horizon en demi-lune. Ses lignes pures t'attiraient, ton visage s'éclairait.

Un liseré vert ponctuait la crête des dunes. À marée montante, lorsque le soleil dardait, la fraîcheur de ces pinèdes nous semblait exquise. Des senteurs de miel et d'écorces de pin se mêlaient à l'air iodé. Une note de parfum était née.

Autour de nous, une armée aux formes insolites embrassait presque le sol. Les troncs et les branches étaient tous couchés dans le même sens, aimantés par le vent. La résistance de ces pins parasols correspondait bien à ta ferme volonté. Je partageais ton sentiment.

La mer commençait à se retirer. Nous reprenions notre marche, remplis d'espérance et des avenirs que nous allions construire ensemble.

Tu étais curieux de tout, imaginatif et travailleur. Issu d'un milieu pauvre dont tu étais fier, tu souhaitais monter rapidement dans la hiérarchie sociale. Atteindre en une seule génération ce que tes ancêtres n'avaient pu créer pendant les deux dernières guerres mondiales était ton ambition secrète. Tu y mettais un point d'honneur.

Quelques années avant de me connaître, tu t'étais précipité vers le mariage comme le naufragé s'accroche à la première bouée qui passe : tu pensais que cette jeune femme blonde qui t'avait subjugué par sa beauté pouvait apporter l'équilibre social auquel tu aspirais.

Or, le scrupule d'un engagement hâtif t'avait envahi et tu avais finalement renoncé à te marier, au dernier moment, doutant de ce qui serait éphémère.

Lors de notre première rencontre, tu m'as tendu la main et moi, qui ne m'y attendais pas, j'y ai glissé la mienne : je sens encore la douceur de tes doigts et le désir de faire le vide pour accueillir l'être aimé.

Quelques mois après, tu m'avais révélé qu'en écoutant le 2ème *Concerto pour violon et orchestre* de Mendelssohn, cette musique t'avait alors soudainement submergé, telle une énorme vague d'amour. J'aurais pu lire sans peine ta joie rayonnante sur ton visage, disais-tu.

Tu avais éprouvé un étrange sentiment de liberté intérieure. Ce jour-là, tu m'avais appelée d'une voix enjouée pour me dire que tu arrivais. Le timbre de ta voix avait changé. Plus grave et plus chantant, il semblait nourri de ce que tu venais de vivre si intensément.

À la fois humble et assoiffé, tu voulais donner tout ton être et partager ce profond désir de vérité et de délicatesse.

C'est cette voix que j'ai aimée. Déterminée, suave, un grain d'émotion, elle était si distincte de celle de tes discours officiels.

Sur la grève, cette liberté conquise cadençait tes pas allègres. Tu m'avais légèrement devancée pendant que je pensais à toi.

Le doux bruissement du flux et du reflux des vagues avait interrompu ma rêverie.

Portée par l'écume encore frissonnante, une telline de couleur rose indien attira notre attention. Tu t'étais retourné toi aussi. Un filament ténu, mais solide reliait les deux valves scintillantes de ce coquillage. Il venait de s'enfouir sous le sable argenté.

Il emportait à jamais nos tendres regards et appelait à redécouvrir chaque jour cette source de l'harmonie qui nous avait unis.

La Valse

De Victor Hugo, tu aimais lire et relire les poèmes du recueil *La Voix intérieure*, qui inspira *La Méditation* sculptée par Auguste Rodin. Cette statue de femme au mouvement syncopé, sans bras, se démarquait des canons artistiques trop classiques. Elle te fascinait par sa modernité.

Tu étais aussi sous le charme de *La Main de Dieu*, cette belle main veinée qu'il avait taillée dans un énorme bloc de marbre brut. Elle tournoyait sur elle-même et invitait à contempler un couple de personnages à peine enlacés, en marbre lisse, au centre de la paume mi-ouverte.

Ce dialogue si naturel entre la main divine, celle de l'artiste et de l'œuvre créée t'enchantait.

Cette simplicité illuminait ton visage à ton tour.

Fi des visiteurs. À chaque exposition où figurait *La Valse* de Camille Claudel, ce bronze noir ou en *terra cotta* nous laissait en extase.

Deux corps, enlacés dans un baiser amoureux par une longue traîne qui les drape, s'apprêtent à valser et défier la vie. Leurs mains ne se touchent pas, laissant la fougue de l'amour, leurs croyances et les incertitudes forger leur destin.

Le cou lisse et sensuel du corps féminin, ses bras finement sculptés contrastent avec les plis tourmentés de la draperie et les muscles vigoureux du bras du valseur, seul point de portée de cette statuaire gracile. Ces deux êtres en déséquilibre s'élancent vers l'infini.

Nos regards langoureux s'affranchissaient du temps et nos mains se croisaient comme pour tourbillonner à leur suite. Valser avec toi, Marc bien-aimé, était une telle joie partagée !

Te souviens-tu, le soir où tu m'as emportée dans notre première danse sur l'air de *La Libellule*, cette si belle valse lente de Johann Strauss ?

Tu as tendu ta main vers moi et tes bras ont vacillé de pudeur. Mais aussitôt, j'ai senti ta conduite plus ferme et confiante. Ce n'était pas la valse qui nous intéressait, c'était l'attention amoureuse de l'autre.

Tu étais ce cristal fragile et ta force contenue m'impressionnait. Tes yeux rieurs, bleus avec une pointe d'orange, s'accordaient si bien à ton caractère. Ton regard velouté me fixait, mais quel étonnement ! Tandis que les mesures de *La Libellule* s'accéléraient, plus tes clignements de paupière lents et paisibles semblaient soutenir mes pas, et plus je leur trouvais un charme fou.

Tour à tour l'Aimé ou l'Amant, en dialogues silencieux, une présence suprême dilatait nos cœurs de joie. Notre désir d'union nous transfigurait.

Valse à l'endroit, tu avais cette conscience aiguë de la grandeur et de la misère de l'humanité, du scrupule et du doute ; valse à l'envers, je distinguais les joies ou les inquiétudes d'une voix aimante ou amie.

Nos pas de deux, suspendus un court instant entre deux mouvements contraires, suggéraient de ne pas s'arrêter aux signes du temps.

Quelle ardeur! Quelle quiétude!

Pegasus Bridge

Tu aurais souhaité être militaire, médecin ou homme d'entreprise. Nos amis t'en trouvaient la capacité et tu aimais les réunir régulièrement autour d'un repas pour partager leur gaieté et les progrès qu'ils réalisaient chacun dans leur domaine.

Tu n'étais pas nécessairement d'accord sur tout.

Je me souviens d'une discussion avec notre ami chirurgien qui s'abstenait de penser à l'existence d'un Dieu ordonnateur, car, disait-il, mourir n'appelait aucune compassion : vivre était plus important qu'exister. Tu le désapprouvais, mais tu étais resté silencieux pour ne pas le contredire totalement. Lorsqu'il avait avoué préférer travailler « dans le mou » et ressentir ainsi la réalité du corps au-delà des théories qu'il enseignait, tu avais alors acquiescé, presque admiratif.

Nos hôtes aimaient dialoguer avec toi. Fin lettré, tu étais ce merveilleux conteur et, pour notre plus grand plaisir, un philosophe enjoué.

Ils te reconnaissaient un grand talent de pédagogue et d'historien : oui, au-delà des révoltes de ce monde, tu arrivais à nous faire rire.

Nous étions toujours friands de t'entendre narrer la stratégie et le bon sens tactique des grands chefs militaires faisant le siège de Stalingrad ou de Pékin.

Les jeunes à qui tu enseignais l'Histoire t'appréciaient. Tu leur montrais que l'Homme ne se résume pas à l'Histoire et qu'il existe des âmes créatrices de bonne volonté qui cherchent le Bien malgré les mensonges collectifs, l'orgueil et les quêtes de pouvoirs.

Cette soif inextinguible de droiture et de justice, nous l'avons vécue en communion, toi et moi.

À chaque voyage en Normandie, lorsque nous franchissions l'impressionnante passerelle grise – le Pegasus Bridge –, tu ne manquais jamais de rappeler cette liberté chèrement acquise en rendant hommage aux soldats français, américains et marocains qui avaient défendu ce fameux pont pendant la Seconde Guerre mondiale.

Non loin de là, sur les plages voisines du Débarquement, nous marchions, en silence, serrés l'un contre l'autre, à la mémoire de ces bâtisseurs de paix.

Et surtout, j'étais fière de t'accompagner sur la grève, persuadée que l'allure de tes pas incarnait ce que tu pensais et enseignais.

Tu savais aussi marquer des pauses dans cette quête intellectuelle : ton sommeil était alors profond après nos étreintes nourries d'ébats langoureux. Je te protégeais. Tu me ravivais.

Facétieux

Par moment nous étions pareils à deux enfants facétieux.

Dans un parc de Bretagne que tu affectionnais, je t'ai vu soudain au milieu d'un cortège de canards et de deux grands cygnes sortis de l'étang. Ils avaient épié tes gestes et les morceaux de pain que tu leur préparais. En quelques secondes, ils t'avaient encerclé.

Tu ne t'attendais pas à cette scène de classe et moi non plus. Ta main levée, délicate, mais ferme, faisait autorité sur tes nouveaux élèves. Sans émoi apparent, tu avais réussi à les dompter alors qu'ils te picoraient les jambes.

L'un des cygnes courbait le cou avec grâce comme s'il avait compris. Son compère était plus impatient. Le bec quémandeur, il était presque à ta hauteur, mais il dut attendre sa pitance. Chacun son tour. Je voyais les canards s'affairer : aucune miette au sol n'était perdue. Tes yeux, ton sourire malicieux m'enchantaient.

Et ce fou rire des paroissiens dans cette chapelle bretonne, au plafond en forme de cale de bateau renversée. Je t'entends encore rire avec eux à gorge déployée. En ce dimanche estival et ensoleillé, que d'âmes bien dissipées.

Présent à mes côtés, tu observais cette assemblée en prière. Autour de toi, l'élégance naturelle de ces personnes, jeunes ou plus âgées, t'inspirait de l'estime. L'effort du labeur quotidien et leur accomplissement personnel semblaient tout entier s'exprimer dans leur port de tête bien droit.

Subitement, le prêtre qui cherchait les hosties interpella les trois enfants de chœur qu'il connaissait bien : il était persuadé qu'ils les avaient cachées dans la sacristie et s'était permis de les qualifier de « petites canailles » devant l'ensemble des fidèles bientôt hilares. Rarissime en pleine messe. Puis, la liturgie pastorale chantée en breton reprit son cours avant l'*Ave Maria* final.

Te rappelles-tu aussi cet ours en stéatite veinée ? L'un de nos amis, parachutiste et militaire de carrière, te l'avait rapporté du Groenland où il officiait.

Cet ours au visage humain t'attirait, toi qui aimais danser et te moquer de la prétention des hommes à vouloir régenter la terre. Sa fantaisie t'égayait. Ne dansait-il pas en déséquilibre avec un accordéon ? Avec son air ironique, il semblait narguer ces pêcheurs du Grand Nord qui chassent l'ours blanc. Cette façon de braver un destin tragique et de parodier le genre humain te plaisait.

Moi, j'étais plutôt sensible aux formes design de cette pierre dure à sculpter. À croire que le grand froid polaire fait naître de grands artistes qui savent croquer la vie en gestes essentiels et pleins d'humour.

Et cet enfant âgé de quelques mois posé sur tes genoux par l'une de nos amies en visite chez nous, te souviens-tu ? Ses gestes décousus et son babil intraduisible t'avaient interlo-qué. C'était tellement plus inventif et plus expressif que la

somme de toutes tes connaissances. Quelle vivacité ! Tu étais
ébahi. À ce moment précis, ton visage était si admiratif que
le plus petit de vous deux, c'était toi. Il t'avait charmé et cette
situation comique nous avait bien plu.

Le soir, cette complicité de vie était au cœur de nos fous
rires. Avant de nous endormir, tu me récitais souvent des
poèmes de Ronsard et tu inventais des contes toujours très
imagés, telles les histoires à l'intention des enfants.

T'écouter était un ravissement. Tu avais donné la parole
à une libellule et une coccinelle qui cherchaient leur liberté.
Grâce à toi, elles avaient parcouru des milliers de kilomètres.
Leurs aventures et mésaventures, qui finissaient toujours bien,
nous faisaient souvent rire aux éclats.

Je laissais parler ton imagination qui s'associait à la mienne.
Plus profondément, j'avais compris que tu avais besoin de
t'envoler en douces comptines.

Ta liberté

Tu m'as laissée voyager sur d'autres continents malgré cette peine qui encombrait ta pensée : mon absence te pesait avant même que je ne sois partie.

Tes pas étaient lourds, à l'image de ton cœur. J'essayais de minimiser ton anxiété sans jamais y parvenir vraiment.

Pour fêter mon retour, tu m'accueillais chandelles allumées et le désir intact de m'embrasser avec toute la force de ton amour. Quelle joie de t'étreindre.

J'avais compris que la porte que tu entrouvrais à chaque retour était aussi celle de ton cœur. Une banalité romantique ? Non. Ton accueil était un vrai don total et j'aimais m'abreuver de tes émotions.

Ton attente amoureuse ne s'est jamais éteinte, avec parfois même des éclats inattendus : rappelle-toi ce jour où, dans un élégant restaurant parisien, tu m'avais subitement déclaré que tu voulais déchirer mon chemisier, l'arracher et m'embrasser.

Je n'avais jamais autant rougi de ma vie devant d'autres personnes qui, sans nul doute, avaient suivi tes gestes et écouté tes paroles. Toi, si sensible d'habitude aux formes de courtoisie et de bienséance !

J'ai mis aussi quelques années à comprendre qu'au-delà d'un geste censé manifester un appétit sensuel, c'était ton cœur qui voulait se libérer des carcans de l'environnement familial et professionnel qui t'avaient modelé et dans lequel tu ne t'épanouissais pas véritablement.

Les évocations des Première et Seconde Guerres mondiales et la notion de services rendus à la Nation et à l'État avaient marqué ton mode de pensée et d'action.

Tu respectais les principes éducatifs. Tes visions originales les sublimaient, mais ta volonté et ta créativité n'étaient toujours pas assouvies.

Oui, ce jour-là, ton cœur avait parlé au-delà de la belle intelligence et des raisonnements logiques dont tu faisais preuve.

Oui, tu souhaitais m'entendre susurrer les mots de notre amour et mes « Je t'aime, tu sais » comblaient ce temps passé où ton cœur n'avait pu s'épancher. Nous le prononcions en duo parfois, en riant de notre connivence.

Oui, combien de fois, nous sommes-nous surpris la nuit à chercher au même moment la main de l'autre pour la trouver déjà entrouverte.

Étreintes éternelles

Aujourd'hui, tu n'es plus à mes côtés et je suis face à l'âpreté du néant.

Malgré ta fatigue au début de ta maladie fulgurante, tu avais souhaité visiter à nouveau la Maison de Victor Hugo sur la place des Vosges, à Paris. À l'affiche, un ensemble inédit de croquis et de photographies réalisés par Auguste Rodin.

De façon inhabituelle, tu avais cherché plusieurs fois à t'asseoir près des vitrines où étaient exposés les bustes de ce génie littéraire, ce « Patriarche de la République » que tu estimais tant. J'avais remarqué les traits émaciés de ton visage et ton regard distant.

Le soir même, tu as téléphoné à un médecin de nos amis. Tes jambes ne te soutenaient plus. Je t'ai entendu plaisanter avec lui. Mais le lendemain, ta chute pendant la nuit l'a alerté. Nous avons dû t'hospitaliser, ce qui te déplaisait.

Le diagnostic était irrévocable.

Quelques semaines plus tard, le moment le plus dur de notre vie a été ce dernier « Je t'aime, petite femme chérie », à la veille de ta disparition,

Ce n'était déjà plus cet écho amoureux que tu me chuchotais en tendre mélodie chaque jour répétée, chaque fois exprimée différemment. Ta voix claire et harmonieuse perdait doucement son éclat.

Ton esprit luttait avec dignité contre cette souffrance physique. La lumière du jour te faisait mal parfois.

J'ai su, à cet instant, que tu allais quitter ce monde, me laissant seule, aimée et réconfortée par le sens que tu donnais à ta vie et à ta mort bien au-delà de notre brève marche terrestre.

Cette éternelle absence, nous l'avons partagée dans tes derniers moments, en mots doux, en étreintes silencieuses. Tu me confiais la profondeur et la simplicité de ta tendresse.

Dans tes yeux devenus sombres, je lisais une ineffable douleur et en même temps un féroce désir de vivre.

Ce matin-là, pour la première fois, je t'ai vu sangloter.

Tu pleurais ton arrière-grand-père et les atrocités de la Première Guerre mondiale, guerre injuste qui avait détruit la jeunesse de cet homme que, tout jeune enfant, tu avais adoré : l'Histoire et le sens de l'honneur t'avaient saisi encore une fois, ravivés par les douleurs physiques de ton corps. Tu semblais supplier ton aïeul d'accueillir ta vie qui allait s'achever.

Mon cœur a trébuché en te voyant souffrir et te soumettre à un amour, plus grand, de justice immanente à laquelle tu te livrais.

Tu m'avais demandé quelques jours plus tôt de m'occuper

de tes funérailles. Tu souhaitais que nos amis militaires de carrière soient présents, en reconnaissance de tes aïeux morts pour la Patrie que tu avais toujours honorée. Ce que j'ai fait, téléguidée ou transcendée par le devoir que tu m'avais transmis. J'avais la gorge nouée et le cœur ailleurs, là où il se fondait dans le tien.

Ta force charnelle et ta présence joviale, ta bienveillance et ta combativité n'étaient plus. Le désespoir me transperçait. La peine extrême que je ne pouvais crier s'était figée. J'étais momifiée, à la fois terrassée et enveloppée de nos regards posés sur chacun de nos visages, tour à tour effleurés par nos mains délicates, les tiennes si faibles.

Tes derniers regards valaient plus que tes pleurs de justice : ce sont les traits de ta bonté que je voyais dans la douceur de tes larmes.

Tu semblais rendre grâce et désirer encore aimer jusqu'aux derniers moments de ta vie. Mais que cette béatitude évangélique – « Heureux les affamés et assoiffés de justice, car ils seront rassasiés » – m'a paru insoutenable, en cet instant de déclin de tes forces !

J'ai partagé cette dernière intimité avec toi.

Unis dans nos fragilités, un sursaut d'humanité me submergea. Une image radieuse me rapprochait de toi.

Cette forme d'énergie ultime que je ressentais intérieurement avec toi émanait d'une sculpture, *La Vague et la ronde des baigneuses*.

Elle nous avait tous deux charmés lors d'une exposition consacrée à Camille Claudel. Les corps féminins étaient gracieux, espiègles, les traits de leur visage d'une finesse remarquable. La luminosité des figurines en jade pâle t'avait absorbé.

La vague déferlante, épaisse, taillée dans l'onyx vert et jaune, paraissait monumentale au-dessus de leur tête, l'écume suspendue au temps et à leur insouciante gaieté : ces danseuses bravaient la réalité et nous invitaient à rentrer dans la ronde.

Leur fraîcheur d'âme s'accordait à ton cœur. Mais cette bienfaisance que tu admirais tant derrière ces figurines a définitivement emporté ton sourire qui rayonnait de bonheur.

En ce moment radical de souffrance où l'homme ne possède plus rien, ta mort m'a happée, un jour de printemps, dans ce « soudain-plus-rien » : un sac plastifié contenant tes vêtements m'a été remis quelques minutes à peine après ton dernier souffle de vie, dans un hôpital où j'avais espéré des gestes apaisants en ces instants où tout s'effondre.

Je ne savais que faire de ces habits et les ai donnés tout aussitôt : l'essentiel était de poser un dernier baiser tendre sur ton front, de t'entourer de mes bras pour partager ta paix après avoir glissé une petite croix de bois dans ta main.

En ce jour d'infinie tristesse, ton visage devenu paisible me rassurait.

Que ta prestance et ta dignité nous réunissent un jour, pour ce face à face avec Celui qui nous aime et nous crée chaque jour.

Tes pleurs et ta soif de justice m'ont éclairée à mon tour. Humble, tu semblais être consolé d'un amour plus grand que ces douleurs. Sans en connaître encore les formes, un surcroît d'amitié et d'amour m'aiderait à perpétuer ta vie.

Nous sommes d'éternels voyageurs. Certains sont de merveilleux passeurs d'âmes. Tu étais ce marcheur infatigable sur ces sables durs que nous aimions arpenter par tous les temps.

Je t'aime. Où que tu sois, je me remets entre tes mains. Tu m'accueilles.

La mouette et la lumière

Deux années ont passé et, lorsque je m'éveille, je te souris tendrement comme si tu étais près de moi.

J'ai hâte de revenir sur cette plage bretonne en demi-lune pour te rejoindre, faire corps avec le littoral et vibrer au mouvement renaissant des vagues.

Aujourd'hui, seule, à la fois dépendante et libre, le visage tourné vers la mer, mes larmes crient ton absence tout en écoutant le cliquetis des vaguelettes qui s'abandonnent et se retirent sur le sable. Une véritable déclaration de vie. Ne pas se replier sur soi.

En écho, à quelques mètres de là, sur le bord de mer, des goélands et des passereaux aux pattes fines et agiles se rassemblent en petites légions pour capturer des poissons.

Je suis sûre que tu serais resté à les observer, comme moi, en prenant plaisir au stratagème des passereaux : leur frêle apparence ne les empêche pas de rivaliser avec les goélands pour le partage de la meilleure nourriture et tu aurais certainement ri de leur vivacité.

Pendant ce temps, le vent d'ouest a dégagé le ciel en un beau bleu azur. La mer est bicolore, vert émeraude et bleu nuit. Une mouette voltige, les ailes déployées en un blanc immaculé sous les rayons du soleil.

Des sternes viennent participer à ce ballet aérien suspendu. Elles planent au-dessus de moi, solennelles, avant de piquer d'un trait comme des feux follets.

Dans ce ciel paisible, ces oiseaux semblent partager, à leur manière, la jubilation d'être libres. Ils m'aident à élever le regard, de nouveau, vers ce qui est voluptueux et limpide.

Rester quelques heures devant ce spectacle rend humble. Notre amour profond résiste et progresse telles les vagues, en force et en douceur. De mon cœur meurtri et aimant, je te souris intérieurement.

Notre demeure bretonne ? La roseraie et les magnolias sous lesquels tu aimais lire à l'ombre sont toujours là.

En soirée, avec les hôtes que nous avons appris à connaître au fil des ans, nous parlons souvent de toi, de ta courtoisie et de ton allure décidée.

Ils avaient perçu dans nos échanges délicatesse et respect mutuel. Je suis fière. Il est rare de rencontrer un ami ayant cette douceur d'âme et cette détermination. Tu étais cet ami et mon tendre amour.

En ton souvenir et avant de les quitter le lendemain, ils m'ont offert des fleurs de leur roseraie.

Sur le chemin du retour, plus au nord dans les terres, je m'attarde à la Pointe de la Torche pour voir, comme au temps jadis, les plus grandes déferlantes blanches et entendre leur déchaînement assourdissant. C'est le paradis des surfers expérimentés tant la houle est forte et les rouleaux dangereux.

Nous aimions avoir le visage fouetté par le vent et, sous les rafales, la brume blanche de l'écume se répandait le long de cette immense baie. Avec ses dunes, elle ressemble aux plages du Cotentin que tu arpentais, enfant, pendant tes classes de vacances.

Ce jour-là, je suis attirée par cette nature en furie. Au loin, des dizaines de surfers glissent sur les rouleaux moutonneux, palier par palier, jusqu'au premier banc de sable. Ils s'élancent de nouveau par griserie et plaisir. Ils semblent ne jamais être exténués.

Quelle bravoure et quelle élégance dans cette recherche constante d'équilibre ! Leur persévérance et leur solidarité me réconfortent.

Marc bien-aimé, j'entrevois ton doux regard couvrant le vacarme de ces flots tempétueux.

Non, ce n'est pas un rêve éveillé.

La mouette et ces sternes aux têtes effilées, le soleil furtif, cet accueil chaleureux, ces roses, sont bien réels.

La nature semble enfin domptée.

L'amour et la liberté que tu m'as fait connaître comme le lieu d'expression de ton cœur ne m'appartiennent pas et je ne peux me prévaloir d'aucun titre de propriété.

J'étais sortie de ma torpeur.

Sérénité

À ta disparition, j'ai mis de longs mois avant de mettre des roses dans mes vases, tant ce geste que nous partagions avec goût et félicité était devenu pénible sans toi.

Donner vie et forme aux bouquets que nous composions était un tel plaisir.

Tu étais attentionné, même courbé sous le labeur, que ce soit pour élaguer un hêtre pleureur ou soigner les rosiers de notre jardin.

Tu savais me ravir.

Tu avais eu besoin, les premières fois, de t'adosser à un mur ou contre la porte pour m'offrir tendrement et par surprise ces cadeaux si chers à mon cœur. Ta belle force physique, ton impétuosité et ton aisance naturelle en étaient ébranlées.

Un jour, à ton idée, un artisan-bijoutier avait torsadé les deux brins d'un collier de rubis pour lui donner relief et mouvement. Tu avais hérité de ce beau bijou et tu l'avais recréé. Je vois encore tes yeux s'attendrir en ajustant la courbe parfaite du collier sur mon décolleté. Tes belles mains aimaient aussi caresser mon corps, autant que ton regard doux.

J'étais fière de ta créativité. Nous étions tous deux si épris l'un de l'autre.

Un soir de Noël, tu m'avais offert un tableau figuratif aux couleurs orange et blanc. Un soleil givrant illuminait les toits d'un village endormi sous la neige. Aujourd'hui, cette présence ensoleillée, c'est toi. Tes rêves m'enveloppent doucement.

La femme qui avait peint ce tableau expose dans une galerie parisienne, cet été. J'ai eu envie de la revoir.

Dans sa galerie, nous conversons librement en nous arrêtant devant ses œuvres. Elle aime décrire son atelier, avec ses pinceaux rangés selon un ordre précis sur l'établi. Elle parle de ses futures toiles.

Je renoue avec le plaisir de dialoguer et retrouve en elle ta rigueur créatrice, ta prévenance et ta ferveur.

Je suis sereine.

Un tableau accroche mon regard. Tu l'aurais certainement apprécié : des touches impressionnistes de couleur vert et jaune avec de minuscules pointes de rouge semblent former un bouquet d'artifice aux teintes vives. Je l'ai acheté.

Je ne savais pas qu'il s'intitulait « Printemps » !

Que ton regard toujours amoureux m'oriente jusqu'à la fin de ma vie vers ces humbles passeurs de lumière.

Mélodies

Lors de sorties en mer pour nous rapprocher des îles où se nichent des milliers de macareux, comme j'étais fière de toi, toi qui n'avais pas le pied marin.

Quel bonheur d'être ensemble sans prêter attention à ceux qui se baignent ou pêchent.

Aujourd'hui, je les écoute. Ils vont et viennent, je les croise. Désormais, je perçois mieux la profondeur et la puissance des souffrances et des joies qu'ils ont eux aussi vécues.

C'est troublant.

Ces derniers temps, quels que soient le lieu ou l'heure du jour où les médias s'expriment, je suis frappée d'entendre en écho ce que je ressens ou ai pensé la veille. Tout est résonance. Le joug de la solitude s'effrite peu à peu.

Depuis peu, avec des collègues architectes, je me rends à des expositions d'art ou à des concerts. À force de tristesse contenue, je m'aperçois que je perds la manière de partager mes goûts et mes désirs.

Mais je reste perplexe.

Pourquoi l'amabilité de cette jeune femme que j'ai rencontrée dans des réunions d'associations et à laquelle j'étais indifférente il y a encore quelques mois me remplit-elle aujourd'hui de joie en me faisant penser à toi par ses mots encourageants ?

Elle m'a invitée au gala des Cavaliers du Cadre Noir de Saumur en représentation à Paris ce jour-là. Était-ce une exhortation à « déposer ses bagages », comme le disait saint Bernard, pour unifier la vie sur ce qui semble essentiel ?

Pourquoi l'un de tes jeunes étudiants, qui avait longuement échangé avec toi sur les institutions françaises, s'est-il manifesté ces jours derniers, après tant d'années sans donner de ses nouvelles ?

Et vous, amis choristes, qui êtes-vous pour être venus sur mon chemin en me donnant envie de reprendre des activités musicales réunissant à la fois des amateurs et des professionnels de l'Opéra de Paris ?

Humour et exigence, voilà une expérience qui me séduit.

De répétitions en concerts, que d'émotions fortes : jamais je n'aurais pensé qu'un soir d'été nous aurions chanté le Requiem de Gabriel Fauré et le *Cantique de Jean Racine* en l'église de la Madeleine, à Paris.

Marc, mon bel amour, je te dédie cette soirée. Écoute ces paroles et la mélodie en crescendo de ce merveilleux Cantique : « Nous rompons le silence, divin Sauveur. Répands sur nous ta grâce puissante. Reçois les chants qu'il offre à ta gloire immortelle et, de tes dons, qu'il retourne comblé... »

Dans l'immensité de cet espace sacré, un hymne profond à la vie vibre au cœur de chaque note.

Presque le souffle coupé, je vous le clame à tous deux : « De tes dons qu'il retourne comblé », à toi mon bien-aimé, et à toi, douce amie venue me chercher pour se poser ensemble.

Ce soir-là, la paume fermée du chef d'orchestre portant la mesure finale s'entrouvre soudain, tournée vers les spectateurs, tandis que les portes de l'église de la Madeleine s'ouvrent vers la place de la Concorde illuminée.

La puissance d'un chœur aux mille secrets intimes s'éteint alors en douce harmonie sous les lueurs des réverbères.

Je ressens un souffle d'espérance en écho à notre amour. Que la tendresse divine dont tu n'avais jamais prononcé le nom accueille ta bonté et ma souffrance.

Union symbolique parfaite. Elle restera à jamais gravée dans mes yeux et mon cœur.

Les applaudissements s'atténuent, le concert s'achève. Nous descendons nonchalamment les estrades et les musiciens redevenus diserts quittent progressivement la nef.

Je retrouve la cacophonie de la rue en guise de marchepied vers la réalité.

Surréalistes, ces images !

Mon doux amour, comme j'aime voir ton sourire en fredonnant l'air de *La Libellule*.

Et, dans le même temps, la vie aujourd'hui ressemble davantage à la *Valse à mille temps* que Jacques Brel chantait avec passion.

Tout semble avancer inéluctablement, de coïncidence en coïncidence. Tout se télescope et se dérobe à un rythme effréné.

J'ai l'impression d'être dépassée et pourtant je suis encore jeune.

Mais ces moments de plus en plus artificiels et factices où les objets virtuels et les nouvelles technologies communiquent à notre place ne comblent pas l'absence.

Parfois, des hasards troublants ou comiques me mettent hors du temps.

Dans la rue, dans les cafés, au supermarché, dans les publicités, tout est devenu sens contraire de toutes mes perceptions et des actes de ma vie quotidienne.

Dans les grandes villes, à Noël, des myriades d'ampoules blanches ou bleues posées sur des cônes métalliques font office d'allées d'arbres et de sapins.

Au croisement de deux rues, une maman, rollers aux pieds, pousse le landau de son enfant d'une main, un téléphone portable dans l'autre main ; elle vient de passer un feu rouge sans se soucier ni des voitures, ni des piétons, ni des cris du bébé.

Une jeune fleuriste est tout heureuse de bavarder avec moi, sa dernière cliente du soir. Elle aime son métier, même si aller chercher les fleurs à Rungis à quatre heures du matin lui pèse parfois. Mais, me confie-t-elle, elle aimerait elle aussi qu'on lui offre un bouquet de temps en temps. Elle ne sait pas que je viens d'acheter des roses de teinte saumon en ton souvenir, toi qui appréciais tant cette couleur délicate, chaleureuse.

Un jour, dans un supermarché, un contrôleur me parle pendant que je fais mes achats. « Les gens achètent, dit-il, non plus pour se nourrir, mais pour consommer. Et leur conscience est remplacée par ces systèmes d'orientation que l'on appelle GPS… ». Il n'a sans doute pas tort, même s'il exagère. Mais pourquoi m'a-t-il abordée ?

Les amoureux se photographient seuls face à leur appareil de téléphone portable au triple usage : appareil photo, il sert aussi de télévision.

L'image dans l'image, pour diffusion immédiate au monde entier, quelle tentation à portée de main de nous imaginer maîtres de la galaxie par ondes interposées !

L'homme de la préhistoire n'avait-il pas déjà ce sens de l'universel ? Ne se servait-il pas d'un bâton ou d'un os d'animal pour mesurer les distances et les transposer avec exactitude sous forme d'animaux dessinés sur les parois des grottes ? Or, la sobriété du trait et la perspective des fresques préhistoriques semblent si modernes.

Ces situations sont surréalistes. Mais, ô surprise, à mon tour de les savourer et d'esquisser un sourire.

Un dimanche matin, en plein parc de Saint-Cloud, où peu de personnes se promènent de si bonne heure, j'aperçois soudain un jeune renard qui traverse le gazon d'une allée centrale.

Ce pauvre hère est poursuivi par une horde de corneilles affairées à crier sur lui, le pourchassant vers un bosquet. Pour survivre, il lui faut disparaître au plus vite, lui pourtant si habile. J'ai l'impression de lire à l'envers « Le Renard et le Corbeau ».

Quel coup de théâtre ! Les fables de La Fontaine se sont mises en scène devant moi, en privé. Du fond de ma solitude et face à l'indifférence croissante des populations urbaines, ce petit renard est une véritable invitation à me remettre à marcher dans le bon sens. Je reprends mon chemin dominical, l'esprit enjoué.

C'était comme si je venais de recevoir un bonjour convivial comme celui des randonneurs ou des alpinistes chevronnés qui vous saluent sur leur chemin.

Marc, bel amour, depuis que tu n'es plus à mes côtés, j'y suis encore plus sensible et cette authenticité me manque.

Garder ce goût du bonheur simple traverse ma pensée.

Pourquoi ne pas randonner ?

C'est décidé. D'ici peu, je me rendrai au pied du Glacier du Trient pour marcher avec toi dans mon cœur, du pas régulier et prudent des montagnards.

Chaque détour des chemins, méandre après méandre, donnerait une nouvelle perspective à ma vie.

Je goûte déjà au plaisir de retrouver, à l'approche du sommet, la magie turquoise des moraines qui nous réjouissait tant.

Mais pas de fuite en avant, car le vrai lieu « entre Terre et Ciel », c'est de toujours chercher à mieux se connaître.

En route.

Les vignes de l'automne

Avant de gagner la région du Valais et les cimes du Glacier du Trient, je m'arrête sur les sentiers du Balcon du Léman.

La vue surplombant les Dents du Midi est un spectacle grandiose. C'est l'automne.

Étape de pèlerinage, au Moyen Âge, entre Canterbury et Rome, cette ancienne voie commerciale et militaire est toujours aussi rutilante avec ses vignobles aux couleurs fondues de vert, d'ocre et de rouge.

Un filet blanc voile le bleu du ciel. Une senteur de pain d'épices et de bois fumé se dégage de la braise des sarments. Plus loin, une odeur vineuse, mi-âcre, mi-douce, commence à monter du sol, près des vignobles, où pourrissent des monticules de grappes déjà flétries.

Nous aimions traverser les coteaux sinueux et pentus à souhait jusqu'au bord du lac. Poser ma main sur la tienne, épaule contre épaule, me manque terriblement.

Mes larmes intérieures se posent sur une grappe de raisins abandonnée dans une rangée proche par des vendangeurs pressés. Esseulée, vulnérable, mais incomparable.

Le soleil redonne lumière et volume à ces raisins. Translucides, ils ont pris une belle couleur bordeaux.

À cet instant, cette grappe m'apparaît plus que la vie. Fruit d'une éternelle recréation, elle est là. Sa seule présence en ce lieu est force vibrante de simplicité.

Et soudain, pour me divertir, une immense nuée d'étourneaux sansonnets se met à vrombir en cris aigus, au-dessus de moi, puis entre les vignes.

Bruit strident, mais quel spectacle ! Ces oiseaux au vol léger surgissent sans cesse, en masse, pour se désagréger en quelques fractions de secondes et se regrouper à nouveau. Habiles à passer et à repasser du plan vertical à l'horizontale, ils font de la sculpture libre. On dirait un cerf-volant sans corde de retenue qui claque au vent. De vrais artistes.

Puis un éclat de rire.

Un jeune étourneau veut s'envoler pour rejoindre les autres, mais se débat, agrippé à une feuille de vigne jaune.

Mon attention est attirée.

Il tient encore en son bec un raisin qu'il n'a pas eu le temps de déguster. Il finit par prendre son envol, à son tour, en plusieurs battements d'ailes désordonnés, zigzaguant comme s'il avait peur d'être à la traîne, pour retrouver sa communauté.

Cet oiseau, si seul et chétif, s'est fait piéger par sa gourmandise.

Curieuse sensation au milieu des vignes, terreau des paraboles bibliques. Comme ce sansonnet, j'ai dû être trop gourmande. Mais de quoi ? Comment renouer des amitiés vraies ?

Toi qui adorais me dire « Je t'enlève » pour partir à l'aventure, aide-moi à franchir seule ces sommets de vérité, une nouvelle fois.

Petits chevaux bleus

Quelle coïncidence au pied du glacier ! Progressant dans la vallée du Trient, je suis attirée par les affiches d'une exposition consacrée aux œuvres de Marc Chagall. Elle s'intitule « Entre Ciel et Terre » et, par ce clin d'œil, m'encourage à poursuivre mon expédition alpestre.

Tu avais toujours admiré ce chantre de la liesse populaire et ses tableaux chatoyants. Sa capacité à montrer ce qui est beau et bienveillant au-delà des atrocités des guerres enchantait ton esprit de liberté.

En cet après-midi automnal, qu'il m'est agréable de cheminer et de rêver avec toi au milieu de ces fééries : bouquets de mimosa, ânes verts ou rouges, coqs multicolores et démesurés.

Les aplats de couleur, inexistants dans la nature, me font penser aux *Petits chevaux bleus* de Franz Marc qui t'avaient stupéfié lors d'une exposition consacrée aux Nabis, à Saint-Germain-en-Laye, il y a plus de vingt ans.

Ces chevaux perdus dans une contrée sauvage et volcanique étaient confiants : leur couleur bleue les avait sculptés pour l'éternité. Paisible, comme eux, tu étais resté longuement devant ce tableau, contrairement à tes habitudes.

Le lendemain, les neiges éternelles du glacier m'attendent.

Il m'a bien fallu trois bonnes heures de marche mêlées de nostalgie, d'efforts et d'humilité face à ces cimes enneigées. Pure volupté.

Parmi les randonneurs qui me saluent sans me connaître et auxquels je fais signe à mon tour, je remarque une jeune mère de famille serrant son très jeune enfant sur son ventre ; d'un pas assuré, elle gravit les sous-bois aux odeurs de champignons et saute par-dessus les racines noueuses et protubérantes des sapins. Son aisance est extraordinaire.

Je m'aperçois que l'enfant est endormi, son visage empreint d'une douce félicité. Il est touchant et me donne l'impression d'être devant une *pietà*. Que l'effort est doux.

Au retour, près de notre cascade impétueuse, des noisetiers semblent heureux les pieds dans l'eau fraîche et agitent leur feuillage diaphane sous l'effet du vent.

Seule sur la passerelle, je pense à nos années de bonheur, amoureusement ensemble, toujours à l'écoute de l'hymen de nos voix et de nos regards.

Aujourd'hui, même si la destinée a de nouveau basculé, notre liberté d'aimer reste infaillible : je l'ai compris le jour où tu m'as dit que tu m'aimais infiniment et que toi-même, en prononçant ces paroles, tu t'étais laissé surprendre par cette vérité intérieure et les larmes d'un bonheur incoercible. Ce bonheur t'accompagne aujourd'hui, je-ne-sais-où.

Je songe à toi ainsi qu'à nos amis qui ont quitté cette belle terre trop soudainement. Ils me sont chers, eux aussi.

Puis, au fur et à mesure que je m'éloigne, le fracas du torrent et les ruisseaux disparaissent dans la nature, pour se perdre dans un tapis de plantes vertes en forme d'oreilles d'éléphant.

Adressant un adieu fraternel à ces illustres sommets, je pense au glacier et aux traces de dinosaures que nous étions allés voir par curiosité, non loin de là.

Imprimées dans le sable il y a environ 230 millions d'années, la glaciation les avait figées dans une dalle de grès à 2400 mètres d'altitude. Étonnant !

Si les chaînes montagneuses et les plaques tectoniques continuaient de s'entrechoquer, le coquillage entraperçu sur nos sables bretons, ne poursuivrait-il pas alors sa destinée pour se retrouver un jour en haut de l'Himalaya ?

Brises légères du large

Sept années viennent de s'écouler. Comment me résigner à ta disparition, à cette révolte qui m'étouffe ?

Je te vois feuilleter les livres annotés par ton père parce qu'ils te parlaient de lui. Tu observais avec un sourire amusé les écureuils qui grignotaient dans le jardin quelques noisettes, près de toi, sans être effarouchés. Je regardais souvent ton corps avec douceur, mon impatience se transformait alors en désir amoureux. Je veillais au moindre de tes frémissements et à la musique de tes paroles.

Marc, mon tendre amour, j'ai besoin d'écouter le rythme de ton souffle, la joie de ton cœur.

À l'éveil des brises légères, j'ai une brusque illumination.

Toi qui n'avais jamais franchi de frontières hors de ta terre natale, comment pouvais-tu si bien enseigner l'Histoire des lointains peuples guerriers et des civilisations raffinées ?

Pourquoi Boukhara, Samarcande ou Venise se nomment-elles Cité Céleste, la Noble, la Cité de l'Irréel, l'Éternelle, la Superbe, la Belle, la Rencontre, l'Étincelante, la Puissante, l'Indépendante, la Sérénissime, l'Enchanteresse…?

Pourquoi la route de la Soie s'appelle-t-elle aussi route de la Soif ou route de la Foi ? Pourquoi la cité perdue des Incas, la plus haute du monde, à 2500 mètres d'altitude, est-elle en pleine forêt amazonienne ?

Ces cités légendaires m'attirent. Se laisser transporter au loin par leur ouverture sur le monde me rassure.

Je désire te revoir, toi seul, au milieu de l'immensité des steppes de l'Asie ou de ces foules bigarrées que j'imagine bien à Venise, sans vouloir tout savoir des raisons de ta vie prématurément brisée.

Je décide de voyager en groupe sans me faire reconnaître, en emportant ton infinie tendresse.

Sous l'étoile du Berger

Il fait une chaleur écrasante. Notre épopée en Asie centrale et dans l'ouest de la Chine s'ouvre par la visite d'une médersa et d'un mausolée à Tachkent, capitale de l'Ouzbékistan.

Très vite, un premier geste nous rend sensibles à la qualité de l'accueil de ce pays : un notable local offre deux bouquets de menthe qu'il vient de cueillir. J'ai l'étrange impression de te retrouver, tant l'élégance de son geste et de son intention te ressemble.

Franchissant la cour, nous découvrons, dans une salle aux vitrines poussiéreuses, de vieux manuscrits rédigés en langue coranique et persane : cette double calligraphie, très rare, montre la volonté des peuples à disposer d'eux-mêmes en séparant la religion et l'État.

Pendant ce temps, seuls ou en famille, les Ouzbeks se dirigent vers le mausolée, lieu de prière « entre Terre et Ciel ». Ils apportent des offrandes et prient des hommes vénérés.

À la tombée du jour, nous atteignons Khiva, la cité du Soleil, à plus de 500 kilomètres en plein désert.

Le soleil couchant s'apprête à resplendir sur Khiva aux mille minarets et éclairer nos pas dans ces venelles étroites et tortueuses, le long de la forteresse médiévale.

Mes amis, fatigués du voyage, me laissent la primeur d'un spectacle unique en haut du minaret le plus élevé de la cité.

Je suis un peu leur ambassadrice et ils m'attendent sur la place pour se restaurer.

Munie d'une torche électrique, je gravis des passerelles de bois et grimpe des centaines de marches bien raides. Un paysage de toute majesté m'attend. Du haut de la tourelle conique, je domine le désert rougeoyant sous les derniers rayons.

Mais ici, je pense à toi, Marc bien-aimé, tout absorbée par les reflets du soleil sur les coupoles des mosquées. Je photographie chaque point cardinal. Il est temps : en quelques secondes, un voile lacté recouvre cet horizon flamboyant. Dans ces contrées, la nuit tombe sans transition.

L'étoile du Berger commence à briller et je redescends les marches branlantes. Cette fois, je suis précédée d'enfants qui réclament, par un sourire et un geste sans équivoque, des pièces de monnaie.

Ils me font percevoir la dure réalité de la vie quotidienne, mais je ne suis pas dupe de leurs espiègleries. Certains d'entre eux savent très bien manier quelques mots de français. À force de commercer avec les touristes, ils imitent leurs paroles avec une intonation parfaite en s'amusant. Ils sont vraiment doués.

En leur compagnie, tout en leur achetant de menus souvenirs, nous nous attablons en plein air, au milieu des bêlements épars qui traversent les ruelles autour de la place.

Dans ce clair-obscur bleu nuit, face à nous, une autre tourelle, plus auguste. Couverte de mosaïques turquoise entrecoupées de blasons, elle divise notre ligne d'horizon. Nous discernons au loin un alignement de mausolées coiffés de coupoles.

Ce soir-là, l'une de mes amies et moi avons eu le sentiment d'être au centre d'un tableau peint « à la Bonnard », divisé en plans juxtaposés. Sublime sensation.

La fraîcheur de la nuit et les odeurs de la campagne donnent le signe du départ, car il se fait tard. Les habitants dorment à la belle étoile sous les ombres prestigieuses des palais et des mosquées.

À la croisée de tous les chemins, au milieu d'un des plus grands déserts de la planète, Khiva, l'ancienne oasis aux sables rouges, et la simplicité de l'accueil de ses habitants réchauffent nos deux âmes éperdues.

Douceur à Samarcande

Pour atteindre Boukhara la Superbe, la Noble, la Sainte, et Samarcande la Belle, il nous faut emprunter une partie de la célèbre et mystérieuse route de la Soie.

La poussière des routes rocailleuses nous remonte aux narines. Peu à peu, des steppes et des calottes glaciaires se dressent devant nous à perte de vue et deviennent de plus en plus gigantesques. Certains glaciers, d'une géométrie triangulaire presque idéale, tombent à pic dans le bleu profond de lacs où s'ébrouent des yacks noir et blanc. Quel dépaysement ! Nous avons l'impression de remonter à l'origine des temps.

Soudain, en pleine altitude, sur une route escarpée, dans un paysage de toundras, un ouvrage harmonieux aux lignes épurées : un caravansérail du Xe siècle. Malgré les siècles, ses coupoles en ardoise de montagne sont bien conservées. À l'intérieur, sous les voûtes en arc cintré, il fait frais, mais pas humide.

On se croirait dans une abbaye romane.

De jeunes Ouzbeks, souriants et à fière allure sur leurs chevaux sauvages, veillent sur cet édifice qui a vu déferler leurs ancêtres barbares et les Croisés, les Gengis Khan et les Tamerlan, ou les grands caravaniers faisant commerce jusqu'à Venise.

D'autres hordes plus pacifiques les ont remplacés : d'innombrables touristes dont nous faisons partie sont attendus ce jour-là pour visiter Boukhara et célébrer la fête nationale à Samarcande.

Quel périple, quels paradoxes ! Horizons « entre Terre et Ciel » ? Tradition et modernité ? Esprit de pauvreté au-delà des apparences de la misère ? Tout cela à la fois.

Ce soir à Boukhara – ville sainte du soufisme du XIIIe siècle et capitale de la soie –, envolées romanesques et commerce font fortune. Nous sommes conviés à un défilé de mode de haute couture traditionnelle et d'avant-garde, dans une médersa aménagée à cet effet.

Au son d'un orchestre local impétueux, des mannequins tourbillonnent comme des derviches, en sarabandes gracieuses. Les teintes pastel des soieries et leur gamme raffinée, la créativité des costumes tant féminins que masculins, ne cessent de nous éblouir.

Un peu plus loin, derrière nous, un tableau de Lénine est prêt à tomber, à demi accroché dans l'une des alvéoles d'un portail de bois ajouré.

À l'extérieur de la citadelle, des tonnelles de raisins rouges ou blancs protègent les demeures aux murs en pisé épais qui gardent la fraîcheur. Dans les ruelles d'en face, des bidonvilles. Les toits croulent sous un enchevêtrement innommable d'antennes paraboliques.

Quelles surprises nous réserve Samarcande la Rencontre, cette cité mythique au nom si poétique, associé aux splendeurs chatoyantes de l'Orient et du royaume des Perses ?

En ce jour de fête nationale, l'esplanade du Reghistan est noire de monde. Mêlés aux familles ouzbeks, nous assistons à un fastueux feu d'artifice qui se reflète sur les mosaïques et les faïences bleues des trois célèbres médersas.

Harmonie architecturale et luxuriance, soleils aux reflets nacrés, paons et tigres dorés scintillant sur des façades azurées, Samarcande est belle, entre poésie et puissance guerrière.

J'étais loin d'imaginer que le lendemain matin, en contemplant, avec toi à l'esprit, l'agitation naissante de cette place mythique, j'allais saisir concrètement le sens d'une autre Béatitude : « Heureux les doux, car ils posséderont la terre. »

J'ai hâte de me promener le long des remparts avant le lever du jour pour photographier la rosée éternelle de ces parterres fleuris et me trouver près de toi dans la paix de cette esplanade légendaire.

Or, le lendemain matin, les autorités locales font barrage devant l'entrée du minaret qui surplombe la place : comme à Khiva, cet édifice est impraticable, car ses marches branlantes le rendent dangereux. Il est donc impossible d'y prendre des photos.

Dès le matin, jeter un regard absolu sur une cité et ses mythes, n'est-ce pas vanité ? Je décide alors de m'asseoir sur un banc, dans une douce expectative, face à la magnificence de cette place.

Sous l'effet du soleil levant, des jeux d'ombres jaunes et turquoise se dessinent sur les minarets. La brume matinale et le halo de la lune s'éloignent peu à peu. Ma rêverie est interrompue par le premier appel à la prière des muezzins. Les fontaines s'animent en un friselis gai et chantant.

Les perles d'eau symbolisent la vie dans ce coin de désert. En jets lumineux, elles vrillent sous le vent du matin et montent à l'infini, rivalisant en hauteur avec les portails massifs et immenses des médersas.

Ces fontaines vives et joyeuses me ravissent. Tu es là, en face de moi.

Oui, tu étais un homme de paix, pétri de bonté. Je vois encore ton sourire amusé lorsque tu me disais : « Je suis bon, il n'y en avait qu'un et il a fallu que tu tombes sur moi…»

Vanité, toi aussi ? Non, bien sûr !

Grâce à la douceur du lever du soleil sur ces édifices impériaux et au bruissement paisible des fontaines, je viens de comprendre que je n'avais pas prêté attention à tes paroles, à l'époque. Je les trouvais un peu prétentieuses, mais conformes à la réalité.

Tes boutades étaient toujours plaisantes, imagées. Nos amis et moi étions conquis par ta vivacité d'esprit et tes belles intentions : tu cherchais obstinément à concilier des antagonismes apparents et à réconcilier les personnes, par une parfaite maîtrise de la justesse et par la pudeur des mots.

Tu avais ce charme. Le caractère aimable de ta voix se communiquait à tous ceux que tu rencontrais. Ta « terre », c'était le sens de la patrie et de la concorde.

Vagabondant une dernière fois sur l'esplanade mythique, je laisse mes mains jouer sous le jaillissement étincelant et musical de ces fontaines, tel un enfant.

Je ne suis plus seule. La fraîcheur de l'aube se transforme en chaleur sèche et suffocante. Une femme âgée balaie devant moi les poussières du désert, près des parterres de roses, le long de la médersa d'Ulug Beg que je viens d'atteindre.

Des enfants s'ébattent dans les jardins ombragés. Leurs cris et les klaxons agressifs des voitures remplacent peu à peu cette grande intimité des cœurs dont l'esplanade aux mille couleurs s'est fait le recueil chaleureusement ouvert.

À quelques centaines de kilomètres en direction de l'Orient, des chaînes de montagnes vertigineuses. Passant cols et frontières, d'autres voyageurs croisent des regards désemparés. Des hommes et des femmes venus chercher là du travail sont refoulés derrière des barbelés, sous l'œil des policiers et des miradors inhumains que sont nos satellites modernes.

Les portes de l'esplanade du Reghistan vont s'ouvrir. Deux gardiens se saluent par l'accolade de la fraternité. Ils échangent le pain et les raisins de l'hospitalité.

Le petit « aiguilleur du ciel »

L'été suivant, faire de la haute randonnée dans la Cordillère des Andes au Pérou est une première pour moi.

Notre groupe de quinze montagnards est sympathique. Parmi eux, deux amies choristes, un couple originaire de Cannes et leurs deux fils adolescents, alpinistes avertis.

Quelle impatience ! Au pied de glaciers situés à plus de 6000 mètres, le site du Machu Picchu n'est pas loin : il se cache derrière des montagnes en pain de sucre, couleur vert sombre, à environ 2500 mètres d'altitude, aux confins d'une forêt amazonienne, dense, chaude et humide.

Pendant six heures ininterrompues, nous descendons un dénivelé de 1500 mètres depuis les glaciers de l'Alti Plano. Quelque peu ébaudis, nous atteignons les premiers sentiers de la forêt tropicale pour rejoindre un village de montagnes près d'un barrage hydroélectrique. Nous devons emprunter l'unique train qui serpente dans la Vallée sacrée des Incas, le célèbre El Peru avec ses wagons bleu électrique.

Oui, visiter la cité perdue des Incas, symbole d'un empire guerrier et cultivé, glorieux, mais éphémère, cela se mérite. Après de longues journées de trekking, c'est l'apothéose d'un rêve individuel et collectif.

Le village semble désert. En plein soleil d'été, au loin, El Peru, arborant sa signature dorée, s'avance doucement, comme sorti de l'imaginaire, et s'immobilise définitivement sur la voie ferrée qui traverse le village.

C'est la rue principale.

De chaque flanc des wagons sort une nuée d'hommes et de femmes, adultes et enfants aux chapeaux ronds ou en cônes tronqués.

Cette mêlée sympathique nous frôle. Tandis que nous enjambons les traverses pour trouver une buvette locale et nous restaurer, certains vitupèrent après nous pour qu'on les laisse passer : le dernier autobus de la journée doit les emmener loin dans les montagnes et ils ne tiennent pas à manquer son départ. L'heure du déjeuner est déjà bien avancée. Il nous reste à peine une heure avant de prendre le train en direction d'Aguas Calientes, le village le plus proche du site de Machu Picchu.

À l'ombre de bananiers en fruit, nous apercevons enfin une buvette. Endroit paradisiaque, même s'il faut monter encore une série de marches.

Le fils du tenancier, un jeune enfant coiffé d'un bonnet péruvien aux oreillettes rouges feint, du haut de son petit mètre, de nous donner l'autorisation de gravir la dernière marche vers les rangées de tables.

Exercer son modeste pouvoir sur des adultes fatigués est son grand jeu. Nous sommes son audience, il s'amuse avec un rien. Alors, quelle aubaine lorsque nous lui faisons signe de vouloir nous laver les mains.

Il vient me chercher et nous dirige vers un lavabo de fortune. Il se frotte les mains le premier pour montrer qu'il est le maître de la situation, en nous éclaboussant au passage. Mais pourquoi m'a-t-il choisie pour l'accompagner dans cette facétie ? Pourquoi moi ?

Reposée et rassasiée, j'écoute avec attention les propos du guide alpiniste tout en discernant au loin l'effervescence à peine audible des conversations des villageois qui longent la voie ferrée.

Le son de ces voix m'attire vers une lumière qui transperce les feuilles des bananiers et m'aveugle.

Intriguée, je me lève et quitte momentanément le groupe de mes amis encore attablés pour redescendre vers le train bleu, toujours en arrêt, en contrebas.

En abordant le dernier virage de la sente, quel n'est pas mon étonnement de voir le garçon péruvien coiffé de son bonnet jouer avec ses camions sous les hautes roues du train.

Tranquillement, comme tous les enfants du monde, il fait parler son imagination en imitant ce qui l'entoure. Près de là, des adultes discutent sans le remarquer.

Méditative, attendrie, je me rappelle d'autres voyages et entends encore les rires inlassables d'enfants parmi les plus démunis, avec leurs jeux si inventifs. L'été dernier, en Ouzbékistan, des enfants en haillons faisaient glisser des pneus sur une motte de terre enneigée : leurs culbutes les divertissaient et ils recommençaient à s'ébattre en remontant la motte de terre, fiers de leur création.

Dans notre périple andin, sur l'île Amantani, située sur le lac Titicaca, deux enfants faisaient dévaler des cerceaux en roseau en courant sur une pente raide pour les rattraper avant qu'ils n'atteignent la grève. Le souffle ne semblait pas leur manquer, alors que nous étions à près de 4000 mètres d'altitude.

Le jeune Péruvien, lui, est décontracté et paisible. Sous cette énorme machine bleue et ses hauts wagons qui le protègent, il est hors de tout danger, hors du temps, insouciant, caché à l'ombre que tous recherchent en cet été cuisant.

C'est divin pour ce petit Péruvien. Et surtout pour moi.

Il s'est couché au milieu de rails immobiles pour bâtir son univers protecteur et rafraîchissant. Ces rails semblent un lieu de liberté naissante : la vie l'attend, il a tout à découvrir, mais il sait déjà ce qui est à sa portée. Il sait ce qu'il veut.

Avec ses jouets, loin de la foule, cet enfant m'a semblé investi d'une confiance plus grande que lui, tant il m'est apparu serein.

Marc, mon tendre aimé, j'ai l'impression que la douleur de n'être plus à ton côté vient de croiser, sur ces voies immobiles, d'autres lignes de vie en la personne de ce jeune Péruvien.

L'innocence qui se dégage de ses gestes vient de me faire comprendre que la vie et l'amour nous sont toujours donnés.

Ce petit « aiguilleur du ciel » en est l'expression la plus pure.

Moment sacré !

Mon cœur de nouveau s'est dilaté. Je ne ressens même pas le désir de photographier ce merveilleux instant de vie.

Une lumière cachée au fond de cette vallée perdue a raison de moi.

Noël à Venise l'Éternelle

Nous devions aller en bord de mer à Noël, mais la neige et le verglas nous ont fait rebrousser chemin.

En ce dernier Noël passé ensemble, nos souvenirs de la côte t'ont apporté beaucoup de joie. Tu rêvais de partir revoir la mer, aussitôt ta guérison assurée. Tu aimais te laisser bercer par le bruit des vagues. Elles te donnaient le repos et la paix.

À l'approche d'une nouvelle sainte nuit de Noël, inspirée par la visite récente de l'exposition « Venise et l'Islam », je décide de partir à Venise.

En contrepoint de mes récents voyages dans les steppes d'Asie et les sommets andins, je désire ardemment me fondre dans les lumières irisées du Grand Canal et des *rios*. En bonne navigatrice, je suis irrésistiblement attirée par les vents contraires. Saisir de plein gré les contrastes entre la douceur de Noël et l'outrance des festivités païennes d'un Nouvel An m'exalte.

Nous n'avons jamais visité cette cité lacustre à la fois humaniste et esthète, mais je me rappelle très bien que tu évoquais parfois les pièces de théâtre de Goldoni, le Molière italien qui libéra la scène de ses Arlequin et autres Scaramouche.

Sensible aux ressorts humains et aux mœurs politiques, ne disais-tu pas avec ironie que « nous étions tous des marionnettes du passé et de la modernité » ? Tes propos aiguisent ma curiosité : j'irai voir pour toi le Théâtre des Marionnettes dans l'enceinte du palais Goldoni.

Mais surtout, j'ai envie d'entendre le bourdon du campanile de la place Saint-Marc et t'offrir ces instants de bonheur indicibles.

Noël à Venise : nous y sommes. Sur le flanc nord de la ville, la crête enneigée des montagnes rehausse d'un trait de fusain blanc le paysage maritime et plat. Le campanile de la place Saint-Marc se dresse au loin.

Me rapprochant de la cité sur un de ces *vaporetti* servant de transport public, je suis accueillie par des cohortes de touristes près de la place des Doges et du célèbre *Lion ailé*. Tourné vers la lagune, ses deux pattes antérieures sur une boule terrestre et les deux autres dans l'eau, il incarne le pouvoir terrestre et naval de Venise la Puissante.

Une foule croissante se déploie dans la cité. Les chassés-croisés bruyants des *vaporetti* s'intensifient et se mesurent à la voix rythmée des gondoliers. Les chants de Noël exaltent Venise l'Enchanteresse.

Peu à peu, le bleu céleste et le vent glacial de cette belle journée laissent place au chatoiement des étoiles et à la majesté des coupoles de la basilique de la place Saint-Marc, où la messe de minuit va être célébrée.

Mon doux amour, je me dirige vers la basilique avec le secret désir de me recueillir et de m'agenouiller, pour toi, avec toi, devant la crèche de la Nativité, symbole de pauvreté de notre condition humaine.

Serpentant sur toute la place, une longue file ardente de fidèles, Vénitiens et touristes, s'est constituée, sans bruit et en ordre, sous le regard solennel et attentif des gardes suisses.

Il est minuit bientôt. La basilique est vaste et, malgré la densité de l'assemblée, je peux entrer à mon tour.

Les bas-côtés sont bondés. Les fidèles debout de plus en plus serrés. Par hasard, je me suis assise sous la troisième voûte des Apôtres et la grande croix double. Un immense candélabre porte des centaines de bougies de couleur rouge.

Les architraves en plein cintre de la basilique et la voûte du Christ Pantocrator se sont illuminées. Sous les lumières, les mosaïques murales jaune, vert, orange, blanc et bleu relèvent de leur éclat les douces tonalités des fresques aux couleurs pastel et or.

Autour de moi, les personnes semblent se recueillir. Distraite, j'ai le merveilleux sentiment d'être privilégiée, auréolée des mille feux de l'amour.

La liturgie, célébrée en plusieurs langues, est parfaitement orchestrée. La chorale et les orgues rythment les chants grégoriens. Les hauts dignitaires civils, militaires et religieux de Venise se saluent, sans ostentation.

Les paroles de l'homélie du patriarche-archevêque de Venise résonnent dans mon cœur : « Noël est une obéissance à l'amour, sans vague de nostalgie ou souvenir sentimental ni fuite utopique. Le présent est le temps de notre décision et de notre responsabilité. »

Le cérémonial se prolonge par une longue procession devant la crèche. Au centre, des santons de verre translucide et légèrement coloré, réalisés par les illustres maîtres-verriers de Murano. Malgré leur taille impressionnante, leur sobre silhouette invite à dénouer nos pulsions trop souvent violentes et vaines.

Me prosternant en leur présence, l'élan de bonté ressenti auprès de toi se fait plus fort que tout. Je remercie nos amis qui, éloignés en ce temps de Noël, songent à nous.

Le lendemain, Venise s'immerge dans un brouillard épais et mystérieux. Le marché aux Poissons, aux odeurs de hareng, devient point de repère tandis que le *vaporetto* m'emmène vers le Théâtre des Marionnettes.

Notre embarcation passe devant le palais Grassi qui, de nos jours, accueille les productions majeures de l'art contemporain. Il célèbre cette année le centenaire de Picasso.

À travers les nuages, surgit face à nous un énorme chien en baudruche d'un rose métallique flamboyant, gonflé à l'hélium. Il trône d'un air coquin, à l'entrée du palais, et ses formes fuselées, style Picasso, déclenchent l'étonnement et le fou rire des passagers. Nouvelle enseigne publicitaire. Certains approuvent le côté burlesque, d'autres se montrent plus réservés, les jeunes ricanent. La surprise fonctionne parfaitement et le futur visiteur ne peut manquer l'arrêt : tout Venise sait trouver le palais Grassi et son fameux chien rose *flashy*.

Le soleil blanc s'est enfin levé, les cornes de brume se sont tues.

Dans un musée, près d'un *rio* éloigné de la place Saint-Marc, la cire dorée et craquelée qui fige les figures hiératiques des icônes byzantines dans une éternité accueillante va bientôt elle aussi vibrer au son des carillons et des farandoles. Pour une fois, Constantinople la Grande veille sur Venise en liesse.

Nouvel An à Venise la Sérénissime

Un podium de musique est en cours de montage sur la place Saint-Marc. Une grande rampe blanche pour l'entrée des artistes la traverse.

Quelques badauds déjà assis sous les arcades se sont attroupés pour fêter le Nouvel An.

Ils attendent « l'événement » avec frénésie tandis que je parcours, l'après-midi, la riche pinacothèque de Venise avant de passer la soirée du Nouvel An à La Fenice pour entendre les airs enjoués des opéras italiens et vénitiens.

Le musée renferme de nombreux trésors de l'époque romaine et les tableaux des grandes batailles de Venise l'Indépendante. Pour les plus jeunes, une salle entière est consacrée aux jeux des enfants des familles ducales, comme le triquet ou les cartes de tarot qui, à l'époque, mesuraient au moins vingt centimètres de hauteur.

À l'heure de fermeture, avancée en ce dernier jour de décembre, je passe devant de très beaux retables puis une pancarte discrète, sur le mur, attire mon attention : elle indique que le tableau *La Vierge et l'Enfant* de Stefano Veneziano est absent car prêté pour l'exposition « Venise et l'Islam », que je suis allée voir à Paris avec l'une de mes amies.

Cette feuille de papier, perdue au milieu de milliers d'œuvres et à mille lieues de mon quotidien, devient pour moi plus estimable que des milliers de touristes piétinant la place Saint-Marc.

Ravie de ce clin d'œil impromptu, je me prépare à me rendre au concert du Nouvel An, aussi renommé que celui de Vienne. Je souhaite me faire belle pour ta compagnie, Marc bien-aimé.

La Fenice est comble. Tenues de soirée romantiques. Le chef d'orchestre japonais ne manque pas d'humour. Porté par ce travail rigoureux qui vise la perfection, il se tourne de temps à autre vers les membres de sa famille et les hauts dignitaires vénitiens assis dans les loges bleues, pour leur adresser un sourire tout en continuant à conduire les musiciens.

À la fin de cette soirée si prestigieuse et conviviale, les portes battantes du théâtre s'ouvrent sur une foule qui se dirige vers la place Saint-Marc pour assister au concert public du Jour de l'An et au magnifique feu d'artifice, devant le palais des Doges.

Spectacle inoubliable ! Des bouquets d'étoiles multicolores se dédoublent dans le miroir de la baie de Venise et sur les îles voisines. Le palais et au loin le dôme de l'Académie de la Marine s'illuminent de toute part.

Quel ciel triomphal ! Que de constellations parmi les constellations ! Que d'engouement pour annoncer et honorer une nouvelle année !

Prudente et encore sous la magie de ces festivités, je laisse la foule achever cette nuit blanche tumultueuse que le vin blanc mousseux sait si bien attiser. *La Gazette de Venise* estime à plus de 60 000 le nombre de spectateurs rassemblés cette nuit-là sur la place Saint-Marc.

Le lendemain matin, dès sept heures, les volées aux sons graves et aigus du campanile et des clochers de l'ancien duché de Venise carillonnent toutes les heures. Quelle allégresse ! J'entends encore le son des gongs passer au-dessus des toits aux tuiles rouges.

La lumière rasante du soleil levant sur le Grand Canal traverse les ruelles environnantes et m'incite à prendre le large, au calme, vers les îles du lagon vénitien.

Ce matin, nous sommes peu nombreux. Partie au gré du vent, sans livret touristique, je suis guidée par un je-ne-sais-quoi vers ce chapelet d'îles aux noms évocateurs : Murano, Chioggia, Lido, Burano, Torcello…

Les lagunes ensablées luisent sous le soleil blanc. Les bacs traversent lentement les criques. Les îles ont chacune leur charme. Certaines maisons de villages de pêcheurs sont très colorées, allant de l'orange au violet.

Torcello, la plus petite des îles, est saisissante. Faire le tour de vestiges datant de plus de 3000 ans avant Jésus-Christ, dans le temps d'une promenade d'une heure, donne le vertige.

À elle seule, elle marque le passage de plusieurs civilisations qui y ont trouvé gloire et asile : les Huns, les colonies grecques, les premiers martyrs chrétiens. Le choléra et la peste ne l'ont pas épargnée. Elle a vu fleurir jusqu'à seize monastères avant leur déclin face à la suprématie de Venise l'Éternelle.

Au cœur du village à peine éveillé, une mare, quelques poules, des ruines éparpillées. Sur le chemin terreux, soudain, devant moi, un édifice imposant : une basilique médiévale d'inspiration byzantine, souveraine.

J'ose à peine entrer, émue et étonnée.

Des touristes s'en approchent et me tiennent la porte grande ouverte. Je pénètre avec eux à pas lents. La nef et ses absides aux couleurs ocre pâle sont douces et accueillantes. En hauteur, les mosaïques de l'une des voûtes d'arête représentent les quatre Évangélistes portant l'Agneau pascal du Salut.

Mon bel amour, sur ce chemin de la paix, tu m'accompagnes et je pense à tes dernières paroles. Tu nous remerciais, nos amis et moi, d'être à tes côtés et d'avoir partagé ta vie. Que ceux qui ont cru entendre une banalité dans tes propos soient pardonnés.

Je quitte cette île, sans précipitation, avant la tombée de la nuit hivernale, pour rallier la capitale de la Vénétie. Elle se dresse devant nous, trépidante, sous un soleil rougeâtre.

Ce soir-là, la réalité que je vis est encore plus belle que tous les chefs-d'œuvre représentant Venise la Sérénissime. Que ces quatre cent cinquante petits ponts sont beaux et romantiques, avec leurs voûtes basses.

En suivant ces ruelles et ces *rios*, entre Noël et le Jour de l'An, j'appréhende soudain ce que peut être la création d'une œuvre d'art, où l'on cherche à donner forme à l'expérience vitale.

Au moment où je passe l'un de ces ponts, j'éprouve la même sensation que lors de mon voyage à Khiva, où j'ai eu le sentiment de me situer au cœur d'un tableau.

Cette fois-ci, plus je sillonne ces canaux, à pied ou en *vaporetto*, plus ces *rios* me semblent entretenir un dialogue. Ils ont leur vie propre tout en se rattachant à ce lieu unique qu'est la place Saint-Marc. Ils évoquent ces chemins de la connaissance que nous voulons ordonner, par pure logique. Or, bien souvent, ce sont de véritables sacs de nœuds et nous finissons par nous y enchevêtrer.

Mais aussi parfois, poussés par nos faiblesses ou nos égoïsmes, nous préférons nous laisser conduire le long d'un grand fleuve tranquille.

L'image de Venise, symbole des amoureux, ne se réduit donc pas à la place Saint-Marc ou au Carnaval. Venise est une œuvre d'art qui ouvre au monde et révèle certains secrets de la Terre par ce combat « entre Monde et Terre ».

Les vents contraires de Noël et du Nouvel An ont assagi ma soif de découverte des cités mythiques.

J'ai vogué dans la baie de Venise au creux de mes rêveries et de ta vie achevée, d'intimité en intimité.

Marc, enserre-moi fort dans tes bras affectueux. Tends-moi ta main. Par-delà nos ultimes *rios* humains, vers un amour renouvelé.

Magnolia

Ta tendre affection, ta déférence m'habitent. Elles me guident depuis dix années sans toi, dans une relation terriblement silencieuse.

En ce matin de mai, dans le parc du Château de Versailles, je songe à tes derniers regards, confiants et d'une humble douceur. Je les retrouve dans l'expression des enfants que j'accompagne ces derniers mois dans la visite des parcs fleuris ou des musées, avec des associations et mon amie choriste.

Nous avons décidé d'organiser ces visites pour des enfants atteints de myopathie et leur famille. Malgré leur difficile autonomie, ils observent plus que nous et intériorisent la beauté plus vite que nous. Leur spontanéité nous émerveille.

« C'est plus beau que le réel dans la rue ! », ont-ils lancé, béats d'admiration, en déambulant autour d'une statue trois fois plus grande qu'eux, dans l'une des galeries du château. À la chapelle royale, deux petites filles qui ne se connaissent pas se tiennent la main en écoutant jouer des grandes orgues.

Leurs deux visages sont aussi radieux que ceux de mon amie musicienne qui, plus tard dans l'après-midi, a cueilli une fraise dans le potager du Roi pour la mettre délicatement entre les doigts d'un enfant aux mains malhabiles. Il lui a adressé un sourire de reconnaissance.

Ce geste aurait pu être tellement banal, mais voir ainsi la profondeur de la vie et de l'espoir, sans discours, devenait lumineux et touchant.

Je poursuis ma promenade. L'air léger exhale une odeur de campagne et de foins coupés. Le Grand Canal d'André Le Nôtre, que je commence à distinguer au loin, me renvoie aux fastes d'antan de la cité des Doges et me rappelle mon escapade à Venise.

Et soudain, au détour d'un bosquet de buis, mon cœur s'arrête à la vue d'un jeune magnolia d'une beauté princière avec ses fleurs roses et blanches. Les pétales encore en spirale se dressent comme des flammes d'amour.

Il est là au centre d'un parterre verdoyant, longiligne. D'une plantation toute récente, les tuteurs sont à peine visibles.

Semblable au candélabre byzantin aux mille bougies rouges suspendu sous la coupole centrale de la basilique Saint-Marc, il tend ses branches encore fluettes, mais bien agencées vers la lueur du ciel pommelé. Dans une apparente immobilité, il rayonne de vitalité.

Marc, j'ai revu ta silhouette altière et ton visage fier et doux tourné vers moi. Tu marchais ainsi sur notre plage bretonne.

Tentation d'imaginer ? Non. Définitivement non. Bien sûr, ce n'est pas toi, mais ce jeune magnolia me rappelle ta distinction naturelle et ta joie de vivre.

Il évoque ces moments paisibles à ton côté, dans la fraîcheur de l'arrière-pays, chez nos amis bretons.

Lire et nous reposer à l'ombre d'une double rangée de magnolias tricentenaires au feuillage persistant était un véritable plaisir. Tu te plaisais dans ce jardin arboré, où régnait une brillante couleur vert sombre tachetée de belles touches blanches. Tu me remplissais de bonheur.

Ce jeune magnolia est la vie. Il est renaissance. Mon passé est devant moi, métamorphosé, chatoyant.

Dans les allées séculaires du parc, des visiteurs nonchalants. Ma présence solitaire intrigue. Un léger sourire et mon attention soutenue devant cet arbre aux lignes élancées ont dû attirer leur curiosité.

Séduits à leur tour par ce jeune magnolia aux couleurs fragiles, ils viennent de me distraire du tendre regard que je te porte, Marc.

Par mimétisme, ces promeneurs commencent tous à le photographier. Ils cherchent peut-être à fixer la forme d'un objet de beauté qui va bientôt s'épanouir en grandes fleurs aux senteurs de jasmin.

Mais est-ce bien leur intention ? Ou n'ont-ils pas plutôt été surpris par la présence de cette plantation quelque peu inattendue au milieu d'un labyrinthe de bosquets ?

Doivent-ils tous s'accrocher à leurs appareils numériques comme au seul bonheur possible ?

Tel un gong révélateur, ce jeune magnolia déclenche en moi un véritable arrêt sur image.

Les lumières trop fortes aveuglent. Le beau peut être tyrannique et empêcher l'épanouissement des cœurs, en accaparant notre attention.

Marc, ce magnolia semble incarner l'un des secrets de notre vie : obéissants et rebelles, nous désirions remettre notre bonheur chacun entre les mains de l'autre et recevoir la paix de l'amour gratuit, comme entre « un Père et un Fils », sans bâtir un temple d'images.

Comme je t'aime ! Tu t'es éteint dans l'ineffable amour que Dieu nous donne selon Sa volonté. Je te sais digne de recevoir ce regard éternel et aimant que tu recherchais.

Épilogue

Telle cette lumière, tantôt éblouissante, tantôt tamisée, qui, dans les abbayes romanes, fait se rejoindre « la terre et le ciel » sur un axe presque parfait, l'amour se fraie un chemin en nos cœurs.

À l'abbaye de Silvacane, en Provence, selon la position du soleil en été, quand le portail s'ouvre, la source lumineuse de la rosace centrale qui lui fait face l'absorbe totalement. Les piliers à l'intérieur de l'édifice et les arcades extérieures qui entourent le porche s'estompent alors.

Les rais de lumière d'un blanc vif se diffusent par les rares ouvertures pour se réfléchir de l'autel jusqu'au plan d'eau du jardin où ne pousse qu'une seule espèce végétale : la fleur d'eau, qui fait penser aux fleurs de lotus ou de magnolia.

Dans la nef, au pied d'une colonne ornée d'un chapiteau carré, un jeune homme d'allure sportive tient un carton à dessin, à la manière d'un étudiant des Beaux-Arts croquant un objet dans son cahier d'études.

Il observe en haut du chapiteau un jeu de lumières, venant des baies centrales et des bas-côtés, qui se réfractent en variantes obliques sur les fleurs d'eau.

Semblables à des cristaux de quartz, ces prismes blancs et luminescents animent le motif végétal d'une modernité minérale qui le fait jubiler.

C'est l'un des deux fils du couple qui avait participé au trekking dans la Cordillère des Andes quelques années auparavant.

Jeune *designer*, il vient d'être nommé au sein d'un groupe industriel en cosmétiques. On lui a confié un premier projet : réaliser le flaconnage en verre d'un parfum de prestige, pour une série limitée.

Inspiré, souriant, sans fébrilité et avec dextérité, il esquisse la forme du réceptacle en quelques traits de crayon et au fusain.

Des gouttes de rosée, ovales, accueillent une double fleur stylisée : un lis orangé – fleur des montagnes – et, légèrement torsadée, une fleur de magnolia aux pétales blancs à demi ouverts.

Tu es là.

Merci à celles et ceux qui partagent
ces moments de bonheur — et d'écriture.

DÉPÔT LÉGAL
Juillet 2015
réédition : avril 2016

Imprimé par Books on Demand GmbH, Norderstedt, Allemagne